A MESSIEURS

LES DÉPUTÉS

DES DÉPARTEMENTS.

Jura inventa metu injusti fateare necesse est.

(HORACE.)

PARIS,

IMPRIMERIE DE POUSSIELGUE,

rue du Croissant Montmartre, 12.

1839

A MESSIEURS

LES DÉPUTÉS

DES DÉPARTEMENTS.

PARIS

IMPRIMERIE DE POUSSIELGUE

Rue du Grand-Chantier, 12

A MESSIEURS

LES DÉPUTÉS

DES DÉPARTEMENTS.

MESSIEURS LES DÉPUTÉS,

Je devais espérer que la révolution de juillet ne démentirait point son origine, qu'elle serait pour moi, comme elle l'a été pour mes camarades proscrits, persécutés, forcés de s'expatrier sous la restauration, un retour à la justice. Tous ont obtenu des indemnités, de l'avancement, des récompenses. Je n'ai demandé au gouvernement de juillet d'autre faveur que celle d'agréer mes services; il les a accueillis avec joie, je puis dire qu'ils ont répondu à la confiance qu'il m'avait accordée, et l'on m'en a puni. On m'a mis brusquement à la retraite au moment même où un avancement mérité m'était promis, afin de me priver du cinquième en sus du maximum de ma pension. C'est ainsi qu'en 1833 le gouvernement de juillet récompensait les services dont en 1830 il avait réclamé les secours et l'appui.

J'avais assisté en 1814 et 1815 aux désastres de nos armées. J'avais vu avec indignation le sol sacré de la patrie foulé par l'étranger (1) ; j'avais vu avec répugnance la restauration se traîner à sa suite, et donner à l'élu de la grande nation, à l'homme qui avait élevé la France au plus haut degré de puissance et de gloire les noms odieux de brigand, de barbare; les braves dont le sang avait coulé pendant vingt ans pour la gloire et la défense du pays étaient flétris du nom de complices et de séides d'un scélérat couvert de crimes; ils étaient réduits à implorer la clémence du nouveau souverain; ils ne devaient plus porter les insignes de l'ordre de la Légion-d'Honneur, qu'ils avaient entouré d'une auréole impérissable de gloire, mais qui devait s'incliner et disparaître devant la candide et très innocente décoration du lis. (2)

Mes répugnances s'étaient hautement manifestées contre ce nouvel ordre de choses, et devaient avoir laissé d'irréconciliables rancunes à des gens dont on a dit qu'ils n'avaient rien oublié et rien appris.

Uni par l'amitié et par une confraternité d'armes avec l'infortuné Caron, qui, entraîné par des agents provocateurs, succomba plus tard dans un célèbre et affreux guet-apens, je fus englobé dans la conspiration militaire du 19 août 1820, et je ne comparus comme témoin devant

---

(1) Voir les notes à la fin.

la Chambre des Pairs que parcequ'on ne put me faire asseoir sur le banc des accusés. Les nombreux amis que j'avais laissés en Alsace, notamment à Widenshalm où je résidais, avaient conçu pour moi des inquiétudes sur l'issue de ce procès; environ soixante jeunes gens se réunirent et vinrent au devant de moi, en armes, et faisant des salves de mousqueterie. Une pareille démonstration et l'influence dont je jouissais dans le pays donnèrent des inquiétudes au préfet, qui communiqua facilement ses alarmes à un gouvernement qui tremblait devant les conspirations des barbes et de l'épingle noire. On ne pouvait cependant faire de moi un conspirateur, mais on agita la question de me rayer des contrôles de l'armée; M. le marquis de Latour-Maubourg, ministre de la guerre, fit remarquer l'inconvenance d'une pareille mesure envers un officier-général, comptant plus de trente ans de services, campagnes non comprises. Pour trancher la difficulté on me mit à la retraite.

Trois mois plus tard la conspiration de Belfort éclata; la surveillance dont j'étais l'objet et la moralité des faiseurs de conspiration étaient de nature à donner des inquiétudes; je crus prudent de m'expatrier.

Il résulte, messieurs les Députés, de cet exposé sincère que ma mise en retraite fut une punition des résistances que j'avais opposées à l'invasion et des répugnances que j'avais montrées pour la restauration; cette punition arbitraire aurait-elle acquis une force de chose jugée que n'ont pu conserver, depuis la révolution de 1830, les condamnations pour délits politiques, qui toutes ont été annulées ?

Le sieur Roger, ex-maréchal-des-logis, condamné à mort par la cour d'assises de Metz, et dont la peine avait été commuée en vingt ans de travaux forcés et à l'exposition, a depuis 1830 été nommé lieutenant de gendarmerie.

Le colonel Pelletier de Chambure, reconnu coupable comme Roger par un jury, par la justice du pays, et condamné par la cour d'assises de Dijon aux travaux forcés à perpétuité, à la marque et au carcan, a été depuis 1830 réintégré dans son grade et ses honneurs aux applaudissements de l'armée et du pays; un illustre maréchal, ministre de la guerre, l'a dédommagé des persécutions qu'il avait éprouvées en le prenant pour aide-de-camp.

Et l'on pourrait sérieusement opposer à un officier général, dont la vie entière a été consacrée au service du pays, un article de loi qui ne pouvait être applicable qu'à des officiers ayant volontairement demandé leur retraite; une loi que, dans sa haute sagesse, la Chambre élective a votée pour garantir les droits des officiers.

On pourrait m'opposer comme irrévocable, sous le gouvernement de juillet, une décision prise *ab irato*, sur le rapport d'un brave préfet de la restauration qui avait eu peur.

J'ai salué avec joie la révolution de juillet; elle nous

ramenait notre vieux et glorieux drapeau. J'ai abandonné, pour lui offrir mon épée, un vaste établissement industriel dont mon absence a entraîné la ruine. L'offre de mes services a été accueillie, je ne dirai pas avec reconnaissance, mais avec un empressement qui m'a convaincu qu'on les croyait utiles. L'acte arbitraire par lequel on m'avait forcé d'accepter ma retraite fut alors regardé absolument comme non avenu, et des commandements importants m'ont été confiés.

Appelé d'abord au commandement du département de la Haute-Loire, j'apaisai un mouvement sérieux qui de Brioude pouvait s'étendre dans toute l'Auvergne; je rétablis la perception des octrois, je réinstallai dans leurs fonctions les employés des contributions indirectes; l'initiative que je pris fut imitée, et ne contribua pas peu à rétablir l'ordre et le calme dans toute l'Auvergne. Mes soins furent remarqués, et M. le ministre de la guerre voulut bien m'en donner un témoignage honorable de satisfaction.

Informé de la première émeute de Lyon quinze heures après sa manifestation, je fis aussitôt partir un bataillon; une allocution que j'adressai à la garde nationale du Puy, réunie par le préfet sur mon invitation, détermina trois cents gardes nationaux à s'inscrire volontairement pour marcher et rétablir l'ordre; je partis moi-même et trouvai en arrivant à Rive-de-Gier des dépêches du lieutenant-général commandant la division, qui me prescrivait justement toutes les dispositions que je venais d'exécuter; il me donnait en même temps l'ordre de prendre le commandement de Saint-Etienne et de Rive-de-Gier, et d'y attendre avec trois bataillons les ordres du ministre de la guerre, qui à son arrivée aux environs de Lyon voulut bien approuver dans les termes les plus flatteurs toutes les mesures que j'avais prises.

Passé au commandement du département de la Loire-Inférieure au moment où la présence de madame la duchesse de Berry y soulevait les habitants des campagnes, formait des rassemblements nombreux, et par cette agression hardie fixait alors l'attention de la France et de l'Europe, on se rappelle encore quelle y fut ma conduite; les journaux de tous les partis ont publié et l'histoire répétera comment un incendie qui menaçait d'embraser tout l'ouest de la France fut promptement étouffé; comment et avec quelle rapidité les amis de la duchesse et les bandes qu'ils avaient armées furent dispersés, et comment elle-même enfin, poursuivie de chaumière en chaumière, de buisson en buisson, fut obligée de se réfugier dans Nantes, où elle fut arrêtée par la trahison d'un de ces misérables toujours prêts à flatter ou à trahir.

Madame la duchesse, découverte dans sa cachette, mais ne voulant pas tomber dans les mains de la police, me fit appeler pour se mettre, me dit-elle, sous la sauvegarde de l'honneur français. Du moment où la princesse, et surtout la femme malheureuse et souffrante, se fut rendue ma prisonnière je crus devoir l'entourer d'autant de soins, d'égards et de respects que j'avais mis d'activité à la poursuivre et à la combattre quand elle était à la tête de rassemblements armés. Tout le monde n'a point pensé ainsi.

On m'avait annoncé ma prochaine promotion au grade de lieutenant-général ; la nature et la durée de mes services le réclamaient peut-être moins comme une faveur que comme une justice ; on me mit brusquement à la retraite, et l'on me priva par ce moyen du cinquième en sus du maximum de la pension, dont jouissent beaucoup de mes camarades beaucoup moins anciens de service et de grade que moi, qui sous la restauration ont passé en demi-solde le temps où je subissais la retraite qu'on m'avait arbitrairement imposée.

La révolution de juillet a fait justice des condamnations prononcées sous la restauration pour délits politiques ; les condamnés et les proscrits ont été réintégrés dans leurs grades, leurs pensions, leurs honneurs ; elle leur a accordé des indemnités, de l'avancement, des récompenses ; et parceque je suis accouru des premiers, parceque j'ai fait le sacrifice de ma fortune pour lui offrir mes services, parceque je l'ai servie avec zèle, bonheur et succès, elle s'arme contre moi d'un acte injuste et arbitraire de la restauration.

Vingt-un mois de plus d'activité de service auraient

levé les obstacles qu'on a voulu m'opposer pour me priver du cinquième en sus du maximum de ma pension ; on n'a pas cru devoir attendre : on était pressé.

Messieurs les Députés, l'homme qui fit à son pays le sacrifice de sa fortune et de sa vie entière, qui le servit avec honneur et désintéressement depuis la prise de la Bastille, ne peut être riche : telle est ma position.

M. le maréchal Grouchy me faisait écrire en 1814 : « Ordre au général Dermoncourt de se jeter dans la « place de Neuf-Brisach et de la défendre jusqu'à la der- « nière goutte de son sang. » J'en fis le serment, et j'ai tenu parole dans les deux siéges de cette place en 1814 et 1815. Les Autrichiens m'ont offert à deux reprises de l'or et des honneurs, qui à mes yeux m'eussent désho- noré ; aux offres les plus séduisantes j'ai répondu à coups de canon ; et la ville de Neuf-Brisach, toujours pure et parée de sa couronne virginale, voyait encore avec orgueil le drapeau tricolore flotter sur ses remparts après qu'Hu- ningue, dont on a cité avec raison la glorieuse défense, avait amené le sien (3). Neuf-Brisach, chef-d'œuvre de Vauban, ne fut remis, en 1814 et en 1815, qu'aux Fran- çais. Une épée d'or me fut donnée, non par le gouverne- ment, mais par les habitants de la ville ; la restauration, qui appelait les étrangers et leur ouvrait nos frontières, ne récompensait pas de tels services.

J'ose espérer, messieurs les Députés, que vous accueil- lerez avec un juste et bienveillant intérêt la demande d'un soldat vieilli sous les drapeaux, qui n'arriva jamais le dernier au feu, mais toujours trop tard pour faire valoir ses droits et jamais à propos pour obtenir des récompenses et même justice. Vous ne voudrez pas, messieurs les Députés, qu'il soit plus mal retraité que beaucoup de ses camarades moins anciens que lui de services et de grade, parceque sous la restauration il a eu plus à souffrir de ses rancunes et de ses réactions : vous renverrez sa demande au ministre de la guerre, afin qu'il ne soit pas plus long-temps injustement privé du cinquième en sus de sa pension de retraite, par le sens rétroactif et forcé donné à son préjudice à l'article 6 de la loi du 11 avril 1831.

Je suis avec respect, etc.

Le général baron Dermoncourt.

NOTES.

NOTE 1.

En exigeant que le clergé de France rendît à César ce qu'on devait à César, l'empereur voulait que le culte fût honoré; il tenait surtout à ce que les autorités se montrassent dans les grandes solennités religieuses. Je commandais en 1814 la place de Neuf-Brisach, bloquée par les Autrichiens, et j'assistais à la messe lorsqu'il me parvint, par un parlementaire, une lettre du général autrichien Minutello, commandant le blocus de la place, m'annonçant qu'il allait faire chanter un *Te Deum* dans l'église de Wolfgaus, petit village placé sous le canon de la place, et tirer cent un coups de canon en actions de grâces des victoires des armées alliées et de leur entrée dans Paris.

Exaspéré de l'insolence d'une pareille communication, je quittai sur-le-champ l'église, et me rendis à l'avancée de la porte de Colmar, où je pointai moi-même quatre pièces de canon de seize, quatre pièces de douze et deux obusiers à longue chasse sur le point où la colonne devait nécessairement passer, et au moment où je la vis déboucher, musique en tête, je commandai le feu. La colonne se replia en désordre; plus de musique, plus de *Te Deum*. Bientôt un nouveau parlementaire se présenta; le général me faisait observer que j'avais rompu l'armistice conclu entre nous, portant qu'on ne pourrait recommencer les hostilités qu'après s'être prévenus vingt-quatre heures d'avance; il m'invitait à lui en faire connaître les motifs. Je lui répondis que j'avais dû voir une insulte au drapeau qui flottait sur Neuf-Brisach dans la communication plus qu'inconvenante qu'il m'avait faite, en m'annonçant qu'il ferait chanter sous son canon un *Te Deum* en actions de grâces des succès obtenus sur les armées françaises; que je la considérais comme une offense particulière, dont j'espérais bien que plus tard il me rendrait personnellement raison; que toutes relations pacifiques étaient désormais interdites entre nous ; que l'armistice était rompu, et enfin que, s'il lui avait plu de faire chanter un *Te Deum*, j'avais pu vouloir honorer d'un *Requiem* mes compatriotes morts pour la défense du pays.

Le général Minutello me fit des excuses de son imprudente communication, demanda le rétablissement de nos relations pacifiques, et je puis répéter avec quelque orgueil qu'il ajouta : « Si l'empereur (Napoléon) avait eu cent généraux comme vous à son service, j'aurais été exempt de commettre une indiscrétion aussi maladroite. »

Quelque temps après Huningue ayant laissé occuper une de ses portes par les Autrichiens, j'en fis de sévères reproches à son commandant, en le chargeant d'assurer le général autrichien Thilmann que s'il ne se désistait pas de la possession de cette porte, indûment occupée, je me chargerais d'aller moi-même en personne l'en déloger. Le général Thilmann ne jugea pas à propos de m'attendre, et abandonna la porte.

Le général autrichien d'Andlaw avait profité de l'incurie du gouvernement et de l'armistice de 1814 pour faire filer des troupes dans le Porentrui et à Delle ; et il se disposait à s'emparer de Montbelliard. Les débris d'un régiment compris dans la capitulation d'Erfurt étant venus se réunir sous mon commandement, je proposai à M. de La Vieuville, alors préfet du Haut-Rhin, de m'adresser un mot d'invitation, me chargeant de déloger les Autrichiens du Porentrui et de Delle, et d'occuper Montbelliard. M. le préfet n'ayant voulu s'associer en rien à la responsabilité d'une pareille mesure, je chargeai le chef d'escadron d'état-major Delon de se rendre à Montbelliard avec quelques centaines d'hommes, de l'occuper, et, s'il y trouvait les Autrichiens, de les en chasser. Il y arriva en même temps qu'eux ; et ils jugèrent à ses dispositions et à son attitude qu'ils n'avaient rien de mieux à faire que se retirer. Je puis dire avec satisfaction aujourd'hui que Montbelliard est resté français, et qu'il n'a pas dépendu de moi qu'on en puisse dire autant de Porentrui et de Delle.

Le commandement de la place de Neuf-Brisach m'ayant de nouveau été confié en 1815 par l'empereur, j'obéis trop facilement peut-être, au second retour de Louis XVIII, aux ordres qui me furent envoyés en son nom de licencier les troupes. Il ne restait dans la place que deux compagnies du 1er régiment d'artillerie, en tout quatre-vingt-quatre hommes, lorsque je reçus du général saxon Le Cuoq, de la part de l'archiduc Jean, commandant l'armée autrichienne en Alsace, l'injonction de renvoyer non seulement les troupes qui restaient, mais même les administrations militaires; cette injonction était accompagnée de la menace, en cas de refus, d'employer pour réduire la place de Neuf-Brisach tous les moyens que l'armée ennemie avait trouvés dans Huningue.

L'archiduc Jean voulait m'effrayer, et s'emparer ainsi sans coup férir du matériel et des munitions qui se trouvaient dans la place. Je réunis aussitôt le conseil de défense, et il fut arrêté à l'unanimité :

Que la place serait défendue jusqu'à la dernière extrémité ;

Que, dans le cas où toute résistance paraîtrait à la fin devenue inutile, nous nous retirerions, moi et le brave colonel d'artillerie Chopin, avec tous ceux qui voudraient nous suivre, dans les magasins N°s 1 et 2 ;

Que Chatelain, mon aide-de-camp (1), se placerait à la contregarde, où une assez grande quantité de poudre était rassemblée ;

Que de ce point des traînées de poudre seraient préparées pour correspondre aux autres magasins ;

Et enfin qu'au moment où l'ennemi entrerait dans la place il mettrait le feu aux mèches, et ferait sauter lui, nous et tous les magasins à la fois.

Je dois dire à l'honneur du colonel Chopin que c'est à lui qu'appartient l'honneur de cette proposition; elle fut d'ailleurs adoptée avec enthousiasme : alors Chatelain avec son sang-froid ordinaire lui dit :

— Nous sauterons donc tous, mon colonel?

— Oui, sans doute.

— Eh bien, mon colonel, vous serez servi.

— A la bonne heure.

Tout fut préparé en conséquence.

Je répondis alors au général Le Cuoq que, d'après la conduite qu'il avait tenue à Huningue, son injonction ne me surprenait nullement de la part de nos alliés; que je le priais de faire savoir à son altesse l'archiduc Jean que, malgré tout mon respect pour lui, je ne recevrais des ordres que du roi de France; que j'attendais l'exécution de ses menaces, et que s'il tenait abso-

---

(1) Aujourd'hui rédacteur du *Courrier Français*.

lument à entrer dans Neuf-Brisach ce serait par trente-six ou-
vertures que je me chargeais moi-même de lui pratiquer.

Son altesse n'insista plus.

Je ne dus pas, après de pareils faits, être étonné des persécutions que j'éprouvai sous la restauration.

NOTE 2.

Lettre de M. le comte Roger de Damas. L'orthographe a été
conservée pour la donner dans sa pureté originale.

« MONSIEUR LE GÉNÉRAL,

« Je jouis de pouvoir faire usage du pouvoir que le Roi a
daigné remettre en mes mains, pour lui préparer l'occasion,
constamment recherchée par son noble caractère, de rendre
justice à la fidélité et au mérite, et je serais heureux si, n'étant
pas trompé sur les qualités que votre réputation vous donnent,
je pouvais vous présenter à la clémence de Sa Majesté comme
ayant l'initiative parmi ceux de ses sujets rendus avec plus
d'empressement à ses devoirs.

« Vous ne devez ignorer, monsieur le Général, aucun des
événemens qui rappellent Louis XVIII à la place que Dieu lui
a assigné, ny l'entousiasme de son peuple et de toutes les classes
de l'état, ny les arrêtés de toutes les autorités du gouvernement.
J'ai donné l'ordre que tout vous soit mis sous les yeux, et la
dernière et seule mesure qui restait aux trouppes de Buona-
parte, pour mettre un terme à ses folles barbaries, s'est accom-
plie dans la retraite à la hauteur de Fontainebleau. Gardé à vue
par ses soldats, auxquels il ne montre plus que la faiblesse d'une
ame flétrie par les crimes, abandonné par ses généraux qui se
sont rendus à Paris, le gouvernement de Sa Majesté très chré-
tienne le condamne à être relégué dans une isle avec une pension alimentaire.

« La France est rendue à la paix et au bonheur sous le sceptre
de Louis XVIII, ne refusez pas à votre cœur celui de prendre
part à la félicité générale, et de porter votre tribut aux pieds
de notre auguste monarque. Je vous demande, monsieur le général, la soumission immédiate que Sa Majesté voudrait tenir
de votre propre mouvement pour acquérir le droit de vous en
tenir personelement compte. Chargez-moi sans délai d'en être

l'interprète, et croyez que vous n'en pouvez trouver un plus zélé. Ma lettre s'adresse également à toutes les autorités de la place où vous commandez; je desir leur voir partager les sentimens qui vous assurent la bienveillance du Roi.

« Je vous promets solanelement en son nom que vous, monsieur le général, et les individus qui se réuniront à votre procédé, conserveront leur rang, leur grade, leurs appointemens et leurs biens de toute nature situés dans ses états, en acquerant en outre les droits que l'empressement à remplir vos devoirs vous assure, lorsque vous m'aurez mis à même de les faire valoir.

« Je vous prie, monsieur le général, d'annoncer à MM. les officiers de tout grade, décorés de l'ordre de la Légion-d'Honneur, que bien qu'ils ne doivent plus continuer à porter cette marque de distinction, le Roi, la regardant comme un témoignage de bravoure sans approfondir les motifs, m'autorise à leur promettre qu'elle sera remplacée par un autre croix, afin qu'avec la jouissance de leur pension ils gardent la considération attachée à une décoration extérieure.

« Tous les pensionnaires de tout état et de tout âge, conserveront de même leurs pensions, et le bureau où ils devront se présenter pour les payemens sera établi.

« J'ai l'honneur d'être avec considération

votre très humble et très obéissant serviteur.

« Signé: Comte ROGER DE DAMAS, gouv. gén. »

NOTE 3.

Mon camarade le général Barbanegre m'écrivait le 27 août 1815: « ..... L'ennemi a employé toutes les ruses de guerre et les offres les plus séduisantes; je présume, à présent qu'il me tient, car j'évacue demain, qu'il portera tous ses moyens sur vous; faites-lui acheter chèrement votre place; je ne lui laisse que des ruines. Je ferai part au ministre de votre position. »